21世纪华语诗丛·第二辑

韩庆成 / 主编

六如

邹晓慧　著

撇开所有的人情
丢掉所有的虚荣
小风与大风
都是世间的空相

知识产权出版社
全国百佳图书出版单位
—北京—

图书在版编目（CIP）数据

六如/邹晓慧著. —北京：知识产权出版社，2020.5
（21世纪华语诗丛/韩庆成主编. 第二辑）
ISBN 978-7-5130-6843-7

Ⅰ.①六… Ⅱ.①邹… Ⅲ.①诗集—中国—当代 Ⅳ.①I227

中国版本图书馆 CIP 数据核字（2020）第 047675 号

责任编辑：兰　涛　　　　　　　　责任校对：谷　洋
封面设计：博华创意·张冀　　　　责任印制：刘译文

六　如

邹晓慧　著

出版发行：知识产权出版社 有限责任公司　网　　址：http://www.ipph.cn
社　　址：北京市海淀区气象路 50 号院　　　邮　　编：100081
责编电话：010-82000860 转 8325　　　　　　责编邮箱：zhzhang22@163.com
发行电话：010-82000860 转 8101/8102　　　发行传真：010-82000893/82005070/82000270
印　　刷：三河市国英印务有限公司　　　　　经　　销：各大网上书店、新华书店及相关专业书店
开　　本：880mm×1230mm　1/32　　　　　　印　　张：7.75
版　　次：2020 年 5 月第 1 版　　　　　　　　印　　次：2020 年 5 月第 1 次印刷
字　　数：88 千字　　　　　　　　　　　　　全套定价：198.00 元
ISBN 978-7-5130-6843-7

自信、娴熟与成就

杨四平

21 世纪已经 20 个年头了。在中国文学史家惯常的"十年情结"思维图谱里，21 世纪文学已经跋涉了两个"十年"。这让我想起 20 世纪中国文学"三十年"里的头两个"十年"，那是其发生与发展的两个"十年"。相较而言，21 世纪头两个"十年"却是发展与成熟的两个"十年"，尽管没有出现像 20 世纪头 20 年时空里那么多灿若星辰的文学大家。我想，这也许不是文学文本质量的问题，更不牵涉文学之历史进化观问题，而是其传播与接受的差异问题。再过几百年，在这两个世纪各自的头 20 年，到底是哪一个世纪最终留下来的经典文本多，还是个未知数呢！

回望历史，关注动态，展望未来，百年中国新诗一路走下来，实属不易且可圈可点。20 世纪 80 年代中期之前，在启蒙、革命、抗战、内战、"土改""文革"、改革等外部因素影响下，中国新诗一直在为争取"人民主权"而战，中国新诗的社会学角色、责任担当及诗意书写成就辉煌；之后，在经历短暂之"哗变"以及为争取"诗歌主权"之矫枉过正后，中国新诗在"话语"理论中，找到了内与外、小与大、虚与实之间的"齐物"诗观，创作出了健全而优美的诗篇，同时，也促进了中国新诗在当下之繁荣——外部的热闹和内在的繁荣！显然，这种热闹和繁荣，不仅是现代新媒体诗歌平台日益增长的文化与旅游深入融合导致的诗歌活动之频繁，诗人、诗歌的"自传播"和"他传播"之交替，更是中国新诗在"百年"过后"再出发"的内在发展和逻辑之使然。

当下的诗人，不再纠缠于"问题和主义"，不再困惑于外来之现代性和传统之本土性，不再念念于经典和非经典，而是按照自己的"内心"进行创作，其背后彰显的是当下中国诗人满满的文学自信。

正是有了这份弥足珍贵的新诗自信，使得当下中国诗人在进行创作时能够"闲庭信步笑看花开花落，宠辱不惊冷观云卷云舒"。如此一来，当下诗人就不会徘徊于"为人生而艺术"或"为艺术而艺术"，也不会计较于"为民间而诗歌"或"为知识而诗歌"；进而，他们的创作就会写得十分"放松"，而不会局促不安，更不会松松垮垮。因此，当下，一方面诗人们不热衷于搞什么诗歌运动，也淡然于拉帮结派；另一方面诗评家也难以或者说不屑于像以往那样将其归纳为某种诗歌流派或某种文学思潮。即便有个别诗人仍留恋于那种一哄而上和吵吵闹闹的文学结社，搞文学小圈子，但是那些毫无个性坚持且明显过时的文学运动在新时代大潮中注定只是一些文学泡沫而已。

用文本说话，让文本接受历史检验，纵然"死后成名"或死后成不了名，也无所谓。这已成为当下中国诗人的共识。所以，当下中国诗人专注于诗歌文本之创作，一方面通过内外兼修提升自己的境界，另一方面砥砺自己的诗艺，以期自己的诗歌作品能够浑然天成。伟大作品与伟大作家之间是在黑暗中相互寻找的。有的作家很幸运，彼此找到过一次；而有的作家幸运非凡，彼此找到过两次，像歌德那样，既有前期的《少年维特之烦恼》，又有后期的《浮士德》! 所谓机遇，就是可遇而不可求，但"寻找"却要付诸实践、坚持不懈。我始终坚信：量变是质变的基础。这一定律，对文学精品之产生依然有效（前提是"有主脑"的量之积累）。那种天才辈出的浪漫主义时代早已一去不复返了。值得嘉许的是，当下中国诗人始终保持着对新诗创作的定力，在人格修为上，在文本创作上，苦苦进行锤炼，进而使他们的写诗技艺娴熟起来，创作出了为数不少的诗歌佳作，充分显示了 21 世纪初中国新诗不俗的表现及其响当当的成就。

我是在读了本套"21 世纪华语诗丛"后，有感而发，写下以上这些话的。在这十本诗集里，既有班琳丽、夏子、邹晓慧这样已有成就的名诗人，也有李玥、刺桐草原、汪梅珍这样耕耘多年的实力派，还有卡卡、杨祥军这样正在上升期，状态颇佳的生力军，以及蔡英明、李泽慧这两位 90 后、00 后新锐。他们各具特色的作品，使这套诗集内容丰富、异彩纷呈。祝愿我的诗人朋友们永葆自信、精耕细作，在未来的日子里不断给中国新诗奉献出新的精品力作，为中国新诗第二个一百年添砖加瓦、增光添彩！

2020 年 1 月底于上海外国语大学

目　录
CONTENTS

第一辑　如爱

第二辑　如情

第三辑 如水

第四辑 如风

第五辑　如月

第六辑　如山

第一辑 如爱

此辑精选每年的诗歌代表作品，

30首诗见证作者25年（1995～2019）

热爱诗歌的创作历程

故乡辞

一个把三亩地当作世界的人
一个把小古井当作天空的人
一个半天说不出一句话的人
是我年近七十的父亲

每到年关，我就会回到双马石
会和越来越瘦的老父亲，去收
一些大蒜，一些山芋，和
一些比大白话还素的大白菜
喜欢乡村的朴实与简单

当我把互联网关了，与城市失去了联系
让自己重新从本能出发
又停在本性之内，安静又祥和
安静些，坐在双马石的石崖上
可以看看童年时曾经走失的日落
可以看看依然清亮的清溪的流水
不知不觉就会迎风流泪

喜欢风吹动乡村草木的声音
喜欢不说话的乡村的天空

如果喜欢，我就沉默
如果还喜欢，我赠她白云

父亲的白发也像云
劳作的时候，手指之间，慢慢惊起
掩埋了故乡之外所有的喧嚣
又像一把磨得光亮的锄头，贯通天地

比乡村还古老的，是双马石的风俗
它就像世道的对立面
世道再硬也有柔软的时候
当我赤足踩着大白菜地的时候
我似乎能感觉到乡村衰老的悲伤

只有我理解家乡的软弱
家乡也理解我的柔软与惊慌

一个把小山村当世界的人
一个把儿子当天空的人
一个半天说不出一句话的人
那是我年近七十的老父亲……

刊于 2019 年第 12 期《人民文学》

让天空装满花色

我不叫你的名字
你也不要称呼我
风不说话
鸟不说话
让我们做一回稻草人
在清空的天空下蓝着

为什么不继续孤独
让安静的天空喂养寂寞
我说有常或无常
我说寂寞会滋事　会别离　会怨憎
你就会执念　你就会反常

为什么不热爱身体里那血脉相通的隐痛呢
为什么我们不能完成一次惊心动魄的蝶变呢
就让花色开在稻草旁边吧
通向天空　通向天堂，或重生
而出家之后
那门的法则
是时间里的经心

如果能从俗世里拿掉

污尘，做一个沉默寡言的人

把所有的虚名浮利倒空

把所有的陈词滥调倒空

让天空装满花色　松月　鸟语　星光

从安静中找到回声，从回声里找到幸福

原载《诗刊》2019 年第 3 期

悲伤过后

这些日子
我抽出来的全是
断肠人的
烟圈

无法断的是
刚长出来的那根白发
无法去掉
去掉那些是与非　有与无
去掉空荡荡的孤寂

索性让一颗不倦的心
把自己关起来
关在无边无际的黑夜里
或是把自己摔碎
如摔一只无法消愁的
无邪的酒杯

悲伤过后
我不会削发为僧
索性把自己

躲进看不破的红尘之外
躲过万箭穿心

悲伤过后
是虚无

原载《诗潮》2018 年第 9 期

许给故乡

也许只有年长了　皱深了
只有回归后才能深刻领悟
自己早已许给了诗歌
许配给山水相依的故乡

我爱让我魂不守舍的故乡
我的爱狭隘又固执
仅爱只有五百亩大小的双马石
仅爱像父亲背影一样的双马石
比痛不欲生的爱情更爱

我爱让我魂不守舍的故乡
只有听着鸟叫才能保持沉默
只有像溪水一样淌着泪水才能释然
只有紧贴土地才能安息
也许这就是诗人的底线

也许只有年老了才能感悟
像老树一样在村口坚守
像木瓜落在地上一声闷响
那些陈旧或不陈旧的流言也不想说

人生的恶与善都已无所谓
拒绝所有欲望的蔓延　和
一个方向的转变或升高

今天　我就住在故乡里
与故乡一起看透碧蓝的天空
一起穿一件青山绿水般的衣裳
一起呼吸这么奢侈的纯净空气
一起狭隘地爱着双马石

老家的院子埋满了落叶
就像乡亲们身上躲过尘世的尘埃
风也吹不动它们

在故乡住下来　真的住下了
灵魂安顿了　情感像瘦弱的身体
让我满眼的泪，二十年后终于流出来了
从故乡出来的是游子
从游子心里出来的还是故乡

原载《扬子江诗刊》2018 年第 5 期

擦皮鞋的老人

街头有个擦皮鞋的老人
他很少笑
当他给别人擦鞋的时候
他那张脸
也被风霜擦着

今年冬天下大雪
我去看擦皮鞋的老人
思绪如一片片雪花
他说　雪好深呀
深得　已经
很久没有看过客人的鞋

鹅毛般的雪还在下
老人仍然守在街头
那一片片的雪花
开始在他头上融化
变成了一丝丝的白发

街头有个擦皮鞋的老人
即使他闲的时候

他那双粗糙的手
也握着鞋刷不放
好像握着自己的命运

也许他一辈子
都把鞋倒过来擦
面对世态炎凉
冷与不冷
闲与不闲
都非我们所能了解

刊于 2017 年第 12 期《人民文学》

写一首乡村诗

这是一个缺爱的小孩
这是一个缺爱的童年
这是一条缺爱的村庄

这是一个空了的爷爷
这是一个空了的奶奶
这是一个空了的村庄

不管是在吴庄还是许庄
诗还没开始写
先让人忧伤起来了

叫我如何下笔
写重了　　怕触摸到留守儿童的眼神
写轻了　　又怕被风吹走

叫我如何书写
写空了　　就像留守老人的巢
写实了　　又怕触动自己的疼痛

如果诗不能让自己救赎

我宁愿独自神伤
就像破旧的家谱与农书

诗歌与乡土从来不分家
贫瘠是贫瘠的伙伴
土地是土地的希望

刊于 2017 年第 5 期《钟山》

僧人的眼睛

像一个禅字
与外界有关或无关无所谓
与污染有关或无关无所谓
听山林在说什么

不管尘世如何变化
一路只有清风明月相伴
那是无形有神的象形文字
那是僧人的眼睛

送人　像送走自己
出门　像出家
一直沉浸其中
心一境性

你有一支风笛从未吹响
你有一个愿望从未提起
轻轻放下的木鱼都睡着了
一切都没有回音

每一天飘逸得如一片云

每一天淡定得像一座庙

没有生与死的日子

可以原谅一切

刊于 2017 年第 2 期《四川文学》

眼　睛

我一辈子
都想装得像个人
突然有一天
我迷失了

我遇到一个盲人
向我询问
她丢失的东西
我说我是夜里来的
什么也没看见

可我来不及躲闪
盲婆婆的泪水
已冲刷了我

刊于 2016 年第 12 期《人民文学》

老人家

老人家老了
不老的是风霜
不停地剥下秋色中的树皮
好像用风霜的手
抚摸不知疼痛的皱纹

这个比纸还薄的秋暮
一个人就站在这棵老树下
看看自己皈依的厚厚的土地
眼泪落在比纸还薄的世道上

刊于 2016 年第 12 期《人民文学》

点灯的人

谁在灵魂里翻来捡去
一只陈年的手握住
桃花流水般清亮的声音
点亮忘却的事物

让我也做个点灯的人
不让伸进夜色的手
触到有刺的花

刊于 2016 年第 6 期《花城》

难产的桃花

也许她知道
自己就是苦涩的桃树
久不结果
始终未终止结果的思想

被风霜压弯的桃树
在不眠的村庄垛起来
把自己垛得很深之后
以开花的目光
挺起来

一朵朵泪光点燃后
也就成了一朵朵桃花
贞洁是民间唯一的门
门垛上晾着的愿望很美
凸出来的三月很美

遮住的贫穷很美
跟着风俗走
你就会走进美丽的门
走进生命

春天是一把剪刀

插进事物的内部

血色的声音撞击着

心灵发出易碎的声响

把意念伸进夜色

听桃花的呻吟

世俗就是难产的母亲

坐在痛苦的村庄

生下诗人

把如花的伤口

留给过往的岁月

刊于 2015 年第 3 期《钟山》

醒着的城市

子夜的城市醒着
诗歌走失
城市的心灵空着
流着不合理的目光

那么多的商品在呐喊
吆喝声特别能熬夜
寂寞这位盲者
却在你的内部滑跤

生活是一部公用电话
诗歌的孩子在电话亭外
寻找一枚硬币
清贫的人守口如瓶

挣扎着的人拾起
落地有声的忧愁回家
仿佛拾起商品的语言
城市的思想

这么多的心灵在抽泣

会不会让整个城市疼痛
给市民一把椅子
让泪水打坐到天明

刊于 2014 年第 6 期《厦门文学》

老村长

村长已经老了
他艰难地把种子播进土地
也想把自己播进土地

老村长像一颗沉默的谷子
大家望着他的满脸秋色
他在播种时对我们说的话
只有在庄稼长高后才能听到

一头潜伏在世事深处的牛
没完没了地反刍着他的名字
把他当作养料

老村长的思想
比村庄的夜色更深
沧桑的人被独自留在白天
体内的墒情坐在脸上

那条发白的小路
是老村长的手杖
敲打着农村的表情

他的手杖是他唯一的门
从山村的每一个路口出发
都走不出农业的沉重

刊于 2013 年第 5 期《绿风》

在病中为你写诗

大病一场后
好像什么都没有了
空荡荡的
只剩下伤痕

一个生病的诗人
在大尘世之中
如此渺小
比形容词还瘦

尘世清凉如水
中间隔着天涯
我像纯属虚构的秋风
仿佛内心的幽暗

我是医院安静的影子
被白色剥得干净
眼巴巴的　期盼着
期盼为你写一首诗

尘埃之心盛大而虚无

思念是我唯一的动作

挣扎的灵魂随意进出

如世事　如病情

忧伤的母亲啊

让你分清白天与黑夜

让我把握手术刀的清凉

世道就没有疼痛了

刊于 2012 年第 2 期《钟山》

枫，我在织布机上想你

我手中操作的丝线

一根根　一梭梭

在织布机上穿流着

每当上夜班时

我手中的丝线特别忙碌

在织布机之内　相思之外

忙碌地穿织着

所有被织布机传染的酸痛

寄放在流动的丝绸上

枫，我怎样把梦寄给风

怎样把流浪的目光

提炼成晨露捎给你

纵横交错的流水线

截住我贫血的翅膀

枫，你看流水线的姿势

这些来来往往的眼睛

这些轮回不尽的寂寞

把我手中的丝丝血痕

穿织成眩目的光彩

能不能焐暖
走失在额前的那缕头发

我手中操作的丝线
在忙碌地穿梭着
我把疲惫和伤感放进织布机
枫，你看我的掌心
每一道皱纹渗出汗水
滴滴　滴在异乡的丝绸上
乘着十万八千里的流水线
抵达你的桑林

刊于 2011 年第 1 期《北京文学》

国清寺

我来访你

秋是寂寥的尘世

下面是水

上面是山

能超越山水的是心灵

我来访你

你是冷清的千年玄

昨天许愿

今天还愿

能超度光阴的是观音

千手之上是佛性

我来访你

一路追逐而来的迷茫

能否暂时得到安息

唯有古刹寺风才能说清

我们能看到什么

那只不过是幻觉

我们能感悟什么

只不过是空无对着空无
谁能真正如钟如镜如来如佛
我们的缘分
在深秋的香火中完成

刊 2010 年第 1 期《山东文学》

蓑衣的寓言

蓑衣是长在父亲背上的翅膀
风大雨压
艰难抵挡耕耘岁月
所有的哭泣
越来越重的喘息声
从世事那边
一直飞进我的病情

蓑衣是长在父亲背上的翅膀
我看见泪水从天空飞过来
落进从不显灵的灵台
父亲守着劳动的进口和出口
始终怀着棕榈的心愿
向上苍祈求

我是多么想远离那山村
那苦
蓑衣的命运生长的是
一对无法飞翔的翅膀
鸟声还是原来的鸟声
坐在破碎的魂里

背靠忧伤
露出一双泥脚
棕色雨飞遍我的全身

刊于 2009 年第 2 期《作品》

冷　春

春天来了又怎么样
依旧是雨夹雪下着
如果我抹一抹眼角
融化的雪水就会弹起
我的异乡的泪珠

春天来了又怎么样
依旧是嚼着五角钱的鱿鱼干
而主要的是
雨水挂来母亲的电话
说父亲在田埂上打滑

春天来了又怎么样
迎春花露出无奈的笑
摸摸口袋呀
只有卖不掉的诗
我不能让热情押入当铺

春天来了又怎么样
夜晚每一扇窗都关着
人们都偏爱自己的家

只有流浪的风没有家
抚摸我怕黑的心灵

春天来了又怎么样
有多少少年的豪情
溢在雨压风欺脸上
苦难是早生的皱纹
一条挨一条写着如许的哀伤

春天来了又怎么样
诗歌已长满青苔
明天的会不会有太阳
我的忧郁会不会开花
开花以后又怎么样

刊于 2008 年第 3 期《延河》

幸福是低调的

我习惯了在清晨穿上钟爱的衣裳
也穿上黑夜留下来的梦想
于是，我关上自己也打开自己
在夜色与朝阳间安静地生长
迎着难以预料的生活走去的时候
耳边听到一个在人间流传的名字
叫作幸福

像阳光在露珠里睡觉
像暖风在地里散步
幸福是低调的
她会在你蹲下身子系紧鞋带的时候
悄然湿上你的眉头

打开毛孔里每个欲望
让它们和着风衣舞蹈
让它们双手合十
轻轻握住沉默而善良的天空
守护一切希望
包容所有不幸

让我们双手合一

紧紧地握住干净的灵魂

若我们略有杂念

我们就在凡尘的路上被抛起来

落下时

整个日子动了动

整个人生　也被摇醒

当我们完成了最后一次劳作后

坐在如网的院子里写诗

写一些安静而又健康的句子

让我们在苍老而沧桑的幸福中

保持一些幻想和虚无

人生是该从轮回的夜色中浮出来

我们在忐忑不安之中沐浴后

取过了折叠了最后一夜的新衣

披在了身上……

刊于 2007 年第 10 期《北京文学》

故 居

四壁空空
如心灵

两只相好的蜘蛛
还怕他日迷路
留个记号

往事
把网
撒向我的脸

我触摸到的
不是尘埃
是遥远的风声

刊于 2006 年第 5 期《扬子江诗刊》

大　哥

那年冬天

正赶上大哥失业

我躲着写一东西

一间小屋是租来的

如果我们还剩些什么

便是我不肯吃

大哥硬要我吃

说吃了暖和点

好写诗的

那碗稀饭

那年冬天

正赶上大哥失业

他很少说话

刮风了下雪了

也没有知觉

忙着找工作

饥饿的风扯着大哥的衣服

我看到大哥正被什么掏空

他走在路上摇摇晃晃

如一片瘦小的落叶

那年冬天

正赶上大哥失业

我能摸到他的忧伤

大哥却要我笑一个

并把自己穿的棉袄披在我身上

我问他　你不冷吗

他只是摇摇头

雪越下越大

大哥却越赶越单薄

大哥把寒冷搂得很紧

以打哆嗦代替赶路

他的背影便深深地

陷进我流泪的诗行

从此

大哥再也拔不出来

刊于 2005 年第 1 期《诗潮》

纯白的白

月光用白色
梳着我的头发
我用眼睛
梳着月光的头发

风是原野的梳子
梳着篱栅的头发
我的妆是一只命运的
可爱的小兽
啃一地的月色

我没告诉你我的孤独
我没说夜有白色的风格
我用月光的手势
在风中点亮陌生的眼光
点着　点着
天就亮了

刊于 2004 年第 2 期（下）《青年文学》

有手的风信

在秋天的尽处

流行一种沉静的花落

扛着消瘦的夕阳

清瘦的双肩

瘦瘦的方向

当找不到归路的风

拂着她

纠结暮色的

长发

相思的脚步

就近了

如果思想还缺什么

缺少一点小小的凄美

和渴

清瘦的跫音

踩着裸奔的落英

踩着肠一般缠着的

一种微霜的风声

诉说着独泣的海棠

凋成风的过程

落英驻足何处

流浪的眼睛

用一排睫毛

来栖一只散失的雁

从遥远的归期之外

伸来一张有手的风信

摇动孤独

刊于 2003 年第 11 期《诗选刊》

琵琶女

透过一片凄艳的阑珊
遥看北宋的那轮残月
泊在异乡码头上的那盏渔火
照寒了一江秋水

那个漂在水中的影
是一束典雅的鲜花
开在风流先生的掌中
先生含情脉脉剥开层层的瓣
翻找夜肥月瘦的结

在水上飘零的琵琶女
如一束婉约的词牌
一生的幽怨
从弦上细细展开
你那如泣如诉的心事
是花朵为岁月所拨的忧伤

一阵古典的风隐隐吹来
打湿了桨拍打水的声音
一阕平平仄仄的记忆

压住了琴弦　压扁了纸张
双手拂开它　一瓣瓣拂不开的
是江中浮现的月影

除了守候
你，一个半遮面的女子
静坐在宋词的深处
肯定对谁还想诉说什么

刊于 2001 年第 3 期《飞天》

母亲的白发

说不清你手中的白发
是从天上掉下来
还是从母亲的头上
掉下来的

仿佛你多年的悲伤
风吹泪压
世界突然失去了平衡
你用单薄的身体
支撑倾斜的山村

你不停地流汗
不停地洗
你执意要把白发
漂得像天上的白云

当母亲的白发
飘进你的病情的时候
陪伴你的除了白云
只剩下过境的风

刊于 2000 年第 10 期《延河》

天地之间

风晴雨雪
三百六十五天

一排排梯田
是锄犁打磨出来的
一道道弯弯的皱纹

一株株庄稼
是汗水浇灌出来的
一种种直挺挺的性格

弯与直之间
有日月星辰
有甜酸苦辣

头发，在天上
祖祖辈辈飘
很清癯

赤脚，在地上
世世代代印

很实在

天与地之间
有一座山
叫作农民

刊于 1999 年第 1 期《芳草》

问风问雨

离别后　奶奶的面貌
是黑衣匝地的瘦影
奶奶的白发从故乡的那边
一直飘进我的梦中

我闻到故乡苦艾的气息
在风雪雨水里翻飞
像奶奶无着落的泪花
冬风冷冷地似乎传来
她最后的一声叹息

而墓里的奶奶仍然不快乐
只有我知道是什么缘故
再也回不到村庄的奶奶呀
你总不能因为我在外流浪
你的灵魂也跟着一起漂泊

我在乳名里四处寻找奶奶
却隔着一层厚厚的世事
乡愁是一道永远打不开的门

我已经无法摸到

门内的春天

刊于 1998 年第 6 期《雨花》

三月的花絮

谁在传唱春声
三月幽微的花乡间
抚摸一首曲径婉转的情歌

比寂寞更美丽的姑娘哟
是你笑开了满山的春色
我要把我的真情
吻给需要体温的山坡

你的温柔就是琴挑
无论你触及哪一根弦
我都会忍不住

每一行诗都说着芬芳的絮语
爱情透着空谷般的水光
你琴挑的露滴声
在我心中寂寞地碧绿着

刊于 1997 年第 3 期《芳草》

恋　别

雌性的雨
把我的回忆
拉成你秀长的湿发

院子的门开着
你的发随心事
向杯底垂落
茶几上
你头上的茉莉花流荡
如纯洁的天使
而我的脸色
像被杯囚禁的
奄奄一息的酒

最初打湿爱情的
想必已允诺三生了
守你的燕子般的温柔
怎能从容离去
除非醉后永远不醒

酒如何欠忧愁

我饮用

你倒彻的暮色

我的惆怅在酒外

泪写在脸上

媒妁之言

和你头发上的蝴蝶

一起飞过

刊于 1996 年第 3 期《时代文学》

又听母亲

母亲的头发
随村庄的风飘
山风的形状
就是母亲忙碌的形状
那些被缝补过的日子
把母亲的发染白了

一扎白发就是一扎冬天
像是田野里遗失的方言
捡起梳理岁月的思想
梳子的声音就是回忆的声音
把苍白的冬天赶走

母亲的白发
是被世事染过的炊烟
在村庄的高处飘
像时光一样掠过我的灵魂
只要有一根轻轻落地里
我便能听到春天的声音

刊于 1995 年第 3 期《文学少年》

第二辑 如情

精选 2018—2019 年新作
有关爱情与乡情作品，
人到中年的情似乎更加从容
更像是和解与仁爱……

秋天来过

你如果要扎根
就按我的性格来
你如果要开花
就按我的气质来

你如果要结果
就按我的思想来
你如果要落叶
就按我的诗歌来

我似乎听到秋天的声音
仿佛看见未来的命运
你如果要枯萎
我们就换个活法

最近，我的情绪有些低落
不敢穿越树林
尘埃停留在叶子上
看月光将万物包围

在那个能闻到灵魂的桂树下

住着一个不在乎幸福或不幸福的老人
你是否听见
月亮的背后有人点灯

似乎我也有些倦了
需要用思想照亮眼睛
要么把爱恨一笔勾销
要么我们重新做人

落　叶

我已很久没有听家乡的山歌了
那些曲子陈旧与不陈旧无关
回想当年我们总爱听屋后的溪水
它是这世上最质朴而绵长的见证者
故乡也是人世间最坚固的荒凉

回到故乡就回到空荡荡的村庄
我就像一个挨饿很久的孩子
一口咬住双马石的乳头
所有潜伏与不潜伏的时光
在村口重见天日
母亲却站在风中

所有的语言像无语
所有的沧桑像桑田
看一看这世事好像一动不动
我就像抱着炊烟不放的人
我又像一场长跪不起的雨水
像清溪河泪流满脸

我是一个失败的游子

无法跨过桑田与桑田主人的心
只能捡起几片与风花雪月无关的落叶
落叶的情绪允许给河水施压
我们能否把落叶重新请回童年？

没有关系

有些事情

一个人不行

又不需要二个人掺和

放风的人知道

像和尚与寺庙的关系

像水与岸的关系

像山与兽的关系

像我与你的关系

关系与关系的关系就叫哲学

所有的事物绕个弯

这是一个写诗的笨男人的想法

与一切事物的根部有关

与大部分人的人生无关

要是不出门

呆坐四壁空空

要是出门

山水似画，大多已留白

要是出家

是否能附和全天下人的感觉？

别　离

一个女人怎么会像猛虎
女汉子放出去就进了我的森林
像静伏在我嘴唇的沉默
像晦暗不明的谜或铁证

漫天的风声保持着大自然的中性
把森林指给树，像佛
悲伤是不美的
悲伤过后的未知性才美

了无牵挂是我这辈子最大的疼痛
没有什么是可以永久存在的吧
忧郁正像鸟啼一样消失
自我超度，美不美都容不下我们过多的爱

我无法预见失去的你会像卵
是否会一直潜伏在暗处
像繁衍诗歌的象形文字
像一个诗人在空无的经文中轮回

我把坐在夜里的酒　叫忧愁

把饮过孤独的鸟

像逐出世界的鸟　叫别离

把像鸟一样离散的你　叫爱情

苏州湾

东太湖是情义
百里风光是仁爱
苏州湾是天下美景

你的浩渺风光　你的绿色大道
你的隧道水街　你的翡翠小岛
渔民撒网打鱼　岸上观看幸福
这是一幅多么理想的画面

在所有人画不出作品的时候
苏州湾送来了一阵东风
进入风景而不知道是风景
你就收获了迷人的世界

春天去了又来
碧波都是吴江人的心跳
你的每句话每个表情
湖水都记住了回音

江南说爱我
东太湖就更碧绿了

我说爱吴江
江南雨就落下来了

万物爱我
我爱湖光秋色
我像苏州湾一样生活着

另一种失眠

在我失眠十几年后
我才知道自己犯了错误
自己太爱丢失的目光与夜色了
诛黑色又负明月

也可以认为不变的习性是易变的习性
有情人可能是无穷的陌生人
睡过的觉在别人眼里构不成睡眠
爱过的人在你眼里常怀敌意

在我失眠十几年之后
我才知道自己爱上了孤独
不想做一个彻头彻尾的俗人
让自己去见另一个自己

夜色是空的
失眠是另一种空门
人生还有一场秋风
看不到你　也看不到头

顽 强

要是世上没有明白人

我就孤独着

要是争执没用

我就沉默着

江湖平静　如一张没表情的脸

大海平静　如另一张没有波涛的脸

生活平静　如一个普通人的人生

天空除了蓝　什么都不想要

饿了　我们可以粗茶淡饭

渴了　我们可以放下腰身

久了　我们可以金石为开

假如我们心中还有火

累了　我们可以修整灵魂

把眼睛　耳朵　血肉分开

像身体一样真的忘了疼痛

一年又一年　已在尘世之外

一场被虚词遮掩了的交情

你就是我，我就是你
哪怕我们都在诗行里出走
相忘于江湖

要是世上没有明白人
我就孤独着
要是争执没用
我就沉默着

中　年

城市里早已没有鸟声了
孤云是否还在故乡的天空
我的故乡双马石有多孤独
只有月亮在山歌里徘徊

遍地的黄花谁来摘
窖藏的黄酒谁在饮
让我把欢乐还给童年
让我把悲伤还给生活

城市里的寂寞越来越多
梦见乡村淡烟衰草野长
是慌乱　是滋味　是乡愁
你说一个游子有多么孤独

还能再看到山坡上的野花怒放吗
还有谁家的姑娘会站在小溪旁吗
还有多少风雨像笛声挂满落叶呢
有多少滴落在久远的泥石中上直到天涯

如果我变得复杂了

是否还能写出诗歌里的双马石

如果我还放不下

是否还能写出诗歌中的山水画？

和　解

小悲喝酒　大悲沉默

夜里　我在城市里看月亮

无人知晓　它的洁白也没什么透露

却被仇家看见了

小隐躲在山野里

大隐在城市里避而不见

面对毫无边际的是非，以及肉身

没有人知道安放的宽广

小悲沉默　大悲无悲

我的心中有一个更小的国

那么多小鬼　睡得如此安静

以及被仇家曲解的意境

悲伤教导世间万物无常

生活是一个衣不称身的醉汉

万物的作用与反作用力

只剩下我们之间的恩怨

在我心中还有一个辽阔的国度

我似乎不认识他们中的任何人
只有我的仇家，以及
另一个我未曾谋面的自己

梦见双马石

双马石，乡愁是你留给我的孩子
所有的风都为他吹
所有日子都为他悲
当我想你的时候
他就漫山遍地野跑

谁的身体在山中凝结
谁的血液在水中打开
又像一个不敢回家的孩子
坐在风口　除了沉默
如同清溪河　无法睡去

假如所有的日子都为你而破碎
必有伤风的诗歌持续发霉
假如所有远走他乡的人都没有好结果
我愿承受被城市掏空的命运
有些诗注定无法写出来了

双马石　是否你的眼睛也湿了
你像一个哑巴孩子抱着空空的乳房
似乎似懂非懂　世事如流水

你还是你　我还是我

就像山还是山　水还是水……

大 度

你要问我去哪里
像松鼠爬上一棵松树
一条比古诗还早的山径
被凉风挟持不放
又像风啄食的泪水纷纷逃窜

我日渐消瘦　像一棵松
松针比悲伤更多　像秋
落下多少也没有人知道
多少世事深藏不露，像隐身术
还有什么在心里憋着

不如意的人生需要一辈子祷告
闭上眼睛　便能看到下辈子
每当我模拟死者　闭目安神
那些幽灵像寺庙　竖起耳朵
就能听到全世界的孤独

如果我已足够绝望了
你就再也够不着我了
是否还可以和解

和,还是不和?

都已是一种真正意义上的剃度了

蚁　蝼

即使你把天下所有的山水写出来
也不一定能写出乡愁
即使你把天下所有的河流写出来
也不一定能写出风浪
如何让这些蚂蚁们
认识尘世的惊涛骇浪？

人间盛产烦恼　大路套小路
任何人的追超赶你都不要放在眼里
岁月有时快得让生活面目全非
你也不必关心其他人的速度
谁能改变蚁蝼人生的命运呢？
属于善良人的时光是那么干净

凉风把故乡的山水吹得干干净净
那么明亮，那么亲切，那么深厚，那么苦难
吻着天空落下的泪水和汗水
如从小学课本里知道脊背一样坚实的纯良
不断弥补世道的坑坑洼洼
没有窗户的屋子就是你永远的家

它们的目光是草木的目光
它们的脸庞是岩石的脸庞
它们的人生是我们的人生
无须耳朵　风雨自己聆听
无须朗读　大地自己朗读
它们的精神也是人类的灵魂

山林课

只要你对某个地方有了一种感觉

远方　就不是乌托邦

山里　没有霾　只有雾

溪水　也有了刀尺

手　已超出了你的需求

为心灵添加了一件新衣

你是我的人面山花

听你的召唤，听树叶的呼吸

风从每一条脉络进出

窃听每个细胞被慰藉的声音

让一些日子　我们就晒晒太阳看看蓝天

让一些日子　我们就走走山林看看风景

让树长得更粗些　让花开得再野些

沿着被树叶染色的古老线条　张开双臂

我们既是男人也是女人

眼睛在树林里发亮的时候

起伏的光芒慢慢流泻

一个又一个缓缓冒出的开始

如孩童一样的语言，纯粹干净
将尘世抛在身后

当城市的心灵有了归隐的俗愿
当繁华如汉唐，如云烟
如果山是词，你就是曲
如果树木是琴，我就是歌
诗词就永不会消逝，开满山坡

戒定是慧

谁被放生？找一个游离身体的出口
谁又打扮成在油灯旁等待的小和尚
那忽明忽暗的星辰，似佛光
如一首抽身的禅诗，光阴渗透
又似木鱼，敲打我的俗念

今朝山林里的露水、雨水、溪水
为寺庙及寺庙周边的山水净身
也打湿了我的贪、疑、迷与痴
有时我不能左右肉身的兽性
就用我的戴罪之身默念经文

众生沿着寂寞与修行的手势攀缘
佛主啊！请宽恕一个想皈依的人
我也不想回避那些虔诚的术语
允许我与一炷香火一起燃烧
留下点念想又不生不灭

经文有多近　尘世就有多近
寺庙有多远　尘世就有多远
拱手相让的身体也剃度，也觉醒

已是不惑之年的我，在惑与不惑之间
每接近一次，就抵达仁爱的人间

色就是空　我手持半卷诗书
有就是无　我再点半炷香火
人世间的杂音又归于安静
我佛慈悲　悲与喜　爱与恨
戒定是慧　来与去　彼与此
此生我不做什么了　只等你的到来！

一杯很俊的酒

这个酒杯再也容不下酒了
从看见你开始　它就是满的
像尘缘　与众生无关　只为这杯
人生总是要来一次恣意的醉
酒唤醒男人身体上的青春感
你唤回了多少年涣散的心灵

酒已完成了它的任务
你也完成了你的美丽任务
唯有我的诗词像欲言又止的杯
在特定的时刻接纳夜游的灵魂
如果我们不能在深夜说点酒话
一切爱的假设都会缺乏力量或旁证

如果说那杯是你与我之间较量的月老
那我便是今晚这世界上最后的饮者
一杯就醉了　不睡觉了
就像把自己关在你的眼睛里
让我看不见焦虑的惆怅的自己
也许，只要再喝一口烈酒和半杯月光
就能像春风一样牵走一个美好女子的衷肠

五月花香

五月的花特别香

就像春春的记忆

我和你的风月与词语

我和你的原野与阳光

每当我报出你的名字的时候

就能听到花开的声音

五月的花特别浓

我和你的泥土与根须

我和你的拔节与芬芳

雨水不远　草木难掩旧事

花瓣落满田园　超出乡愁

五月的花特别温情

像我在梦里隐秘地爱过的人

我和你的目光与流言

我和你的咏柳与江南

是否可以把时间加到过去

是否要把春天叫得香如你

一个人的来去不罢休

二个人的花朵四处开放

第三辑　如水

如果诗是一条鱼的话

就让诗飞起来

诗意如水　全是善良……

遗落的莲花

没有人记得我的名字
连我自己也不知道
那只不过是遗忘
我是清贫的夜色
甚至没有记忆
我什么也没发现
那只不过是幻觉
空虚叙说着空虚

哪年哪年的红颜
如何凋零　飘向何方
我已忘却　寂寥走着莲步
踩进半个月亮
莲花是打坐的眸色
一种凄婉的和弦

夜耿耿而不寐
魂茕茕而至静
谁忧愁的影在月光中
流动如流浪的眼神

莲花真的落了
故乡的全部莲花
一夜凋成秋风
牵走我缥缈的记忆
我正追寻　寻觅
触抚不到的音籁

虽说也参禅谒佛
何尝不是一种奢侈的豪情
流行一种凄美的花落

人　生

多么遥远的一条路
从黑发
到白发

山水退后
爱情退后
岁月退后
任由曲折的痕
遮住眼睛

在过去与未来之间
有几人能在经历之后
看透

有的人静静地坐在酒馆里
有的人默默地绕道走过
有的人空空地回家了

失落的夜色

我已把夜色坐深
坐浓
坐凉了
默然的浓度已从我的裤下
飘到零乱的头发上了
说淙淙的水声是难遣的情节
我不断举杯就唇
惘然地把夜色送回心里

夜在默然中上升
堆起多角的泡沫
叙说着空虚的空虚
没有人记得我的名字
连我自己也忘记了
那只不过是一件遗落的外衣
我把日子踢成
空酒瓶的样子
存在是一种思想
我的全部生活中
剩下几只自己收藏的瓶盖了

空　门

孤独的时候

自己寻找自己

左手握着右手

随之而来是寂静

就像在黑夜里用黑布

蒙自己的眼睛

无灯的黑夜

自己寻找自己

就是找黑夜的巢

和黑夜面对面

空谈

孤独的时候

周围空无一人

空无梦想

空无红尘

只剩下

简单的

禅

人活一世
空无门
进来　或
出去……

溪　儿

溪儿是我故乡的邻居

童年过去　少年过去　我们那时

是青梅竹马　所以

小时候的故事总与溪儿有关

记录了多少两小无猜的童话

自从我离开故乡后

从未回过　即使是我

事业有成　有钱有空的时候

城市生活是一出没有幕后的戏

台前是亲爱的同行或朋友

幕后是互不相干的角色

我打听过许多回乡的人

并把有关溪儿美丽的叙述录下来

也许这辈子都不会再见溪儿了

在人群中常错觉她的出现

都仅是和她相像的路客

比如说如今我在一幢二十五层的

写字楼上办了家皮包公司

被另一家皮包公司算计了
或头脑发热了，或厌倦了想老家了
站在几十层高的记忆之上
就能看见溪儿那双清澈透底的眼睛

谁站在爱情的门外

谁有爱情的门牌号码
却无法见到佳人
眼泪　手纸和面包

门外的冬天很冷
雪地上痴情的光芒
用相思取暖

谁站在爱情的门外
把自己留在抽象的春天
欣赏想象中的风景

一个雪白的身影　灵魂的影
站在爱情的门外
背靠忧伤
眼里流淌桃花流水的声音

谁站在爱情的门外
不躲小雪和大寒
锁已生锈
还要看是否有窗口

少女的渴望

青春舒展缘分的容颜
脸如桃红　桃花如雾
你随便一点微笑
就能挤出一些水分

思想和语言的枝头
开出花朵
哪个窗口的雨帘
可以挂号一颗心

春天刚开始
就能听见你的雨声
谁以一双凝盼的眼睛
加入久别重逢的景色

亲爱的朋友　你可知
少女纯洁的心灵
全是对生命的许诺
以及对爱情的渴望

村　姑

齐眉的秀发
怎么也遮不住
花事的秘密

乡村被江南雨
朗诵成一缕缕诗句
又把少女的梦
捻成秀长的辫梢儿

水乡很肥
喂长了悄悄话儿
水灵灵的妹子哟
临水如临镜
梳理春天的心情

读

我把夜晚叠好
装进信封
邮路从相思出发
直走故乡

你的心灵
已布满星星
点亮诗眼

故乡的早晨

月牙儿不管白天不白天的
还守在西天不愿离去
早晨的露珠无关日出不日出的
还在往事中瞌睡
家乡的女人们
已塞满整桶的衣物
开始浣洗陈旧不陈旧的流言

太阳还未升起
家乡的男人们捋起袖子
把农事舞得正浓
你可听见
不知谁家的团仔还没起床
在阿妈的一再催唤下
嗲声嗲气离开睡梦
赶着牛羊，赶着几分天真

早春的苦菜花分明开了
家乡的老人们在屋檐下
唠叨着琐碎的往事
祈告风调雨顺

呵！故乡世世代代的人们

在这块汗水浸润的土地上

劳劳碌碌　繁衍不息

故乡的小路

是谁把你带到山里
关在贫穷和落后之中
没有挣扎，没有哀鸣
流露着黯淡的眼神

你的模样是极消瘦的
要消瘦得像老农那样才像你
要消瘦得像干瘪的生活才像你

你是不被踩就会长草的路
被粗糙的赤脚拉长的岁月
拉长了山里人的命运线

你是一条瘦瘦的山谣
风大雨苦拾柴火的人呵
走过曲折，走来坎坷
下一步试探的赤足印证
生活是长长的愁肠
长年累月挥汗哟嗨吟唱

我已远离你很久了

六 如

　　但你仍像草丛中的穿行的蛇
　　顽强地进入我思想深处
　　咬我的心灵

老铁匠

穿着脏衣衫的老铁匠
是一个憨厚老实的人
我却能感觉到他的锐利
比我更先抵达农业沧桑的深处

老铁匠有苦不诉
举起砸向贫困的铁锤
重重地举起又落下
落下又举起
他用铁锤落下的响声
和村庄说话
也和命运说话

铁一样的老铁匠
用镰刀锄头的表情
锻打着那些
发展农业的钢铁的手
锻打生活
也锻打自己
使村庄锋利

六 如

老铁匠沉默寡言
铁一旦熔进了语言
语言能穿透苦难的岁月
老铁匠呀老铁匠
你所要说的话
铁都替你说了

蛀

越贫穷的地方
虫子越多

农民不是耐久的庄稼
你们也不是虫子

有理或没理的
都想狠啃一口

落 叶

风在秋天的枝头吟唱
吹起思念中的黄手帕
缓缓飘落的姿势
不必称之为凋零

那是远方的游子
想回家听
土地——
母亲的声音

孔　子

人间的香火
飘袅了几千年
也升不到你的高度

庙里的木鱼
从古游到今
也游不出你的目光

虔诚的后人
仿照你的纹式
把额上的皱
编成一根长长的绳索

孔子呀
你不是人
而是某种思想的延伸

岁　月

记忆爬过人生
皱纹以这种方式
时光留痕

有的故事千古流传
哪年哪月的里程碑上
总有一些粗糙的手
雕出不平凡的美丽

当我们打开历史
为了提醒人们
今天和明天
我们应该做些什么
应该珍惜什么

第四辑　如风

无数个春天
一个桃花
为江南说一个故事
风无痕，情还在……

今天是诗人节

我住在城市的高楼

从高处看见街道上拥挤不堪的人群

让我感到异常的心慌、郁闷

今天是诗人节

如果我还算是一个诗人

我怎能在一个诗人的忌日

与其他人一样快乐无比呢

今天是诗人节

我要光着身子写一首诗

遥远的楚国不知道

忧愁的屈原不知道

千年的离骚不知道

只有我自己知道自己的纯净与哀思

在写诗之前

我要给自己打满一壶酒

与自己萧条的孤独

一滴一滴地数落自己

我真切地听见酒的声音

不停地敲打着

我身体最脆弱的地方
我知道这种感觉就是诗的感觉

今天是诗人节
我的诗与我一样如此的脆弱
承受不起一丝的尘埃
一滴酒就能把我们压碎
在高高欲坠的尘世上方
我要在酒中把自己忘记
嘘，千万别让自己醒来
因为五月初五的酒比我更懂得诗歌的意义

暖 冬

天冷了，天空越来越空
像一些落魄的故事没有了皈依
像一个失足的浪子离开了家乡
像一条离开了农夫怀抱的蛇

一条赤着脚踝又一些疲惫的
对冬天不怀好意的母兽
以打霜的姿势凝望这个世界
打开河流　又关闭河流

我听见被尘世冲刷过的雨雪
发出白花花的孤独的声音
我看见一个花白的老女人
坐旧了整个乡村的黑

天冷了　心灵越来越空
被霜雪打过的冬天容易生病
那些失魂落魄的陈年往事
只能乱七八遭地丢在生活的低处

冬天的沉默会把你带入回忆之中

某些不寻常的温情
不是被别人拒绝　就是被自己拒绝
春天只能渴望　但不可靠

只能怨自己的肉身太薄
无法抵挡多年积累下来的寒冷
这个消瘦农妇的腰身无法捆住
一身至死不休的慢性疾病

对于穷人来说　越来越空的冬天
就像到处打滑的乡间小路
就像赤手空拳挣扎的人生
无声　空旷　漫长　无所依

渴望幸福

即使生活像鞭子
无数次抽打我
我就是不会变
依然不会改变

枝头渴望春天
春天渴望花朵
而我的心
如花的形状

既是碎了落了
我片片亲吻土地

老　家

夜已很深了
还是没有睡意
起来披着感冒的单衣
喝上几口闷酒
想念老家

夜深了　也很安静
似乎让我听见父亲的鼾声
劳累了一天的父亲
一声不吭的父亲
他的鼾声让我感动
惊醒了我所有的乡愁

好像让我看见
一些城市里看不到的东西
比如他穗花般的汗水
比如他散架了的疲惫
他像老牛耕地留下的犁道
如犁道一样的世道沧桑

有些残缺的月夜

如异乡感冒的人生

起伏　辗转　漂泊

一身被钢筋　水泥　流水线

刮伤的孤独

如一粒带着内伤的种子

多么希望回到老家的泥土

夜已很深了

还是没有睡意

故乡是我全部的思想

眼睛被老酒呛出泪

就让我蘸着泪水

擦拭

年迈的父亲

看　海

诗歌是你最孤独的镜子

我背对镜子

独饮

镜子里的忧愁

咀着嚼着鱿鱼干

愈嚼愈想

乘流浪的诗行

去看海

看无边的

苦

大海是悟道的佛祖的镜子

我面对镜子

再独饮

镜子里的谎言

徒然地遥望

那看不见的痕迹

当海风

拂着它

纠结在天边的

像幽灵般的头发

就能看见悲者的眼睛

问

为什么
那张兽的脸孔
贴在门上也不能
驱邪
你终于成了
一个炸油条的下岗工人

社会就是一个大锅
如果油尽了
油条的命运
将是什么

老　街

老街是一条狭狭的回忆

在城市的边缘

与我一起散步

老街把孤独伸进

隐含已久的伤口

诉说着什么

我听到黄昏踩着

沉闷的响声

我听见黄昏踩着

老街上溅起的夜色

谁的思想比夜色更深

谁的目光迷茫起来

谁已经丢失了归路

月光依然挂在天上

却找不到回家的路

走进这条老街

一生也走不出来

老街把我带到更远的地方

我看见
城市将要遗失的东西

摆摊的老王

摆摊的老王的吆喝声
在下大雪的日子
把来来往往的街市
叫成一绺零乱的湿发

苦水泡大的老王
早已习惯雪的游戏
不是哭
而是泣

雪花是一个流浪的孩子
寒风就这么牵着他走
脸上有泪灿如花
无非是希望冬去春来

闲着的时候
老王嚼着　鱿鱼干
也嚼着冰冷的心事
愈嚼愈想
那只焚着一把雪的
遥远的小火炉

收摊回到家里
把旧棉被被盖在身上
棉被空荡荡的
如老王的心情

我　们

太阳从工地的汗珠里爬起
城里人还在熟睡你便急着起来
你既非日月　也非星辰
你只是打工者眼中升起的一滴泪

与上班等长的
太阳的时间
收拾在老板的脸色上
你的技能和汗水
在流水线上交叉着手

一天的劳累之后
想接近月高风清的淡泊
又忍不住望向霓虹灯
那闪呀闪呀的光彩

白天是属老板的
晚上的困盹才属自己
天凉了还没有棉被盖
你把忧愁搂得很紧

六　如

你得不到应得的
却不敢生气
你对城市也有很多好感
却不敢直接表露
你只是一些卑微的小人物
生活这样艰辛而沉重
只有发发牢骚
以发泄心中的不满

疲惫的煤工

把生活提在裤腰带上
让汗水从后背心里流淌下来
把一阵阵哟嗨哟嗨的挣扎声
放入矿山幽暗的井沿
从一高一低的世道
把煤请出来

长期的井下作业你得了一种病
一旦离开药之后
每到阴雨天就开始发痛
药价却像病菌丝不断往上爬
一家人的温饱你都快熬不出汁来
那些汗水却不知怎么办？
落地碎八瓣打落寒伧的叹息声
要是下次病痛再发作
你是不是希望有人把你从井里捞出来
让大家看吧
煤矿里的民工兄弟的骨架子啦！

把妻儿期盼的眼神
放在手心

把美好的虔诚的祈祷词

放在墓里

尘土之中能放下芸芸众生

在十万里山河的梦里

我从隐忍的泪光中

仿佛看见了你

那黑黝黝的清贫的笑

老　井

老井张开干枯的嘴巴
讲述祖辈们的故事
祖辈们求水用的旧水桶
仍在哀叹的辘轳上
挂着
好像整个高原的渴望
都挂在那儿

在曾祖父那年
井干了可以用阳光洗手
可以将破碎的回忆
环坐在老井旁
抽一袋农事的旱烟
将命运挂在绳上
看辘轳和老井交谈

老井怎么也不懂得
水桶破碎的心情
至于它吊在那儿的姿态
和它悬挂的沧桑
就连土生土长的祖父也不懂

只是把叹息拴在辘轳上
犹如唢呐吹起悲伤
曾祖父的亡魂到远方求水还未回来

无论老井干枯多少年
关于求水的故事仍是湿的
那是挣扎着的祖辈们
无论怎么擦也擦不干的泪水

子孙们永远也不会懂
老太阳从井口掉下去
就成了曾祖父那年的故事
男人寻找的生命水凝固了
女人寻找的女儿经风化了
于是
老井成了渴望的眼睛
只要我们用汗和血
淘好瓢中的杂粮
就可以把苦难坐穿

疼痛是怎样被风吹走

冬天在恍惚中撕毁了契约
你成了身弱多病的下岗工人
只有风　不断从冬天吹来
并且掀动你额前的发丝与霜花
你仍以坚强的微笑抵制这场大雪

面对无法就诊的现实
我显得无能为力
只好随意写些诗歌
随便吃些冷风与苦头
我心中有冲动却被撕心裂肺
随便随雪水流放

说是生活还是为了生存
你总是比别人起得早
寒冷的风如一只穷兽
野蛮　尖利　且成雄性
不断攻击你单薄的身体

城市四面漏风
疼痛是怎样被风吹走

六　如

你没有吃晚饭仅仅是为省下二元五角钱
难道天下粮仓正空
冷风咬着冷风　饥饿搂着饥饿
我看见你的眼里
噙满了形迹可疑的泪水……

幸 福

雨水坐在村庄的高处
清洗着谁的信念
雨水渗过土地
抵达民俗的深处
渗进了男人心上的一首歌谣

谁牵着姑娘的衣袂走
嫩绿的青春饱含雨意
使那些过往的日子面色红润
雨水里走出的少女很美
随便一笑就可以挤出水分

酒是男人的一种造型
是雨水的另一种再生
以酒为胆的男人挥汗如雨
泻下金属般响亮的力量

思想和语言的雨水
能穿透铮铮铁骨
却穿不破男人的胆
那胆是女人酿造的

六 如

乡村是一道秀丽的风景
谁家的姑娘甘做一条水草
远远地坐在田埂上梳妆
许多美好的事物似水
以幸福女子的面貌出现
能赢得雨水的男人
是幸福的男人

耕　耘

像走过庄稼地
扶起几棵倒伏的青苗
你第一手摸到的
是偏远乡村人的忧伤

你把握锄头的手
握紧所有清贫的日子
那条流浪的锄道呀
很容易翻起生活的叹息

田地里散发的泥土气息
淹没了你一生的吟哦
我倾听着这些劳动的声响
也倾听着命运深处的回声

你挥汗如雨
淋湿我焦渴的回忆
在深深的目光里
谁没有呛过的经历？

你是土里生长的另一种庄稼

以一条苦根活着
哪朵意外的穗花随风而开
结了老牛的阵阵吟唤……

想起你劳作的身影
我的诗歌就在农业里
耕耘

余　生

我长久的渴望

在你的表情中一次次深入

那些恩与恨一次次无法摆脱

心中留下陌生而致命的情节

小处茫然　大处敏感

才是一个诗人的气质

如果心灵没有归宿

如何拒绝情感的格式化

让心再安静些

落日无法催眠　露水无法唤醒

只有薄而脆的异乡夜色

能蜷起装睡的四肢

我的睡眠和死亡一般

都是非常自恋的

有时痛不欲生　有时乐极生悲

很难交出余生　交出自己

因为我曾经对不起你

六 如

为此　我前半生都是忧伤的
我不是贪婪的人
却突然有了与你共度余生的冲动

告诫我还是要安静些
像秋天的叶片一样　不眨眼睛
抛弃所有泡沫　所有欲念
进坟墓里　呼应尘世　呼应来生

失落的鸟声

寻找已久的鸟声
流水一般流过
把一部分的春天洗绿
焦躁的心情开始返青了

很久没有听到鸟声了
是谁在我们的生活中
击碎越来越少的鸟声
绿色的鸟声

鸟声快要失落了
鸟声已先我们离开春天
模糊了村庄深处闪烁的流水
这破碎的声音人人都能听到

鸟声真的失落了
鸟声坐在水乡的故事里
我从那里看见自己忧伤的面容
鸟声落进流水里
一生也飞不出来
我看见农业流出大滴大滴绿色的泪珠

第五辑　如月

精选 2013—2014 年的作品，

如月从容、如月淡泊……

一个人的深山

慢慢喝一杯淡茶
如一个刚剃度的小和尚
走在一个条羊肠小道
以一颗皈依的心

古寺的钟声袅袅
如一只鸟儿啄洗羽毛
没有什么打扰它们
悄悄录入大树的年轮

我深坐在深山里
无须思考与这个世界的距离
如一个快乐的盲人
走入一个多雾的秋天

可以一分一秒让岁月度过
可以一片一叶让秋天回归
像一个散淡的迷路人
不急于找到归途

撇开所有的人情

六　如

丢掉所有的虚荣
小风与大风
都是世间的空相

故　土

回老家捎上一抔土
思想就像那棵叫瑞金的树
桃红了，柳绿了
冬眠的童年就苏醒了

回老家捎上一抔土
歌声就像那只叫瑞金的鸟
巢安了，心定了
春到了，到了我家乡

回老家捎上一抔土
生活就像那块叫瑞金的河床
他乡喧嚣的城市，坚硬、嘈杂
唯有故乡清幽

回老家捎上一抔土
乡情是最美好的负担
犹如那只叫瑞金的脐橙帮
沉甸甸的像乡愁

回老家捎一抔故土

告诉你发生在故乡的那些事

春风唤醒多少思乡泪

生在他乡又十年

把这抔土拱奉在他乡

爱到深处才会明白

思念是土啊，坚实、深厚

就像一生的风起云涌

西津古渡

你来　就可能成为古典美女

我来　就有可能成为故事男人

只要我们打开记忆

就能一起走进唐宋的青石街道

无须说明我们从哪里来

也无须说明我们到哪里去

只要我们能一起并肩

就能从元明的石塔看见待渡的愿望

你来　就可能成为古典美女

我来　就有可能成为故事男人

只要我们有缘分

就有可能相会于晚清的楼阁

坐下　来喝一杯茉莉清香

那些古老的曲调就会被打开

四处都弥漫千年的醇香

看不见任何改变的迹象

千年古渡　千年　老街

六 如

昨天有一个古老的传说
今天有一首美丽的歌谣
清风轻易在我的字典里翻阅

忏　悔

深夜零点寂寞泼墨

风不停地鞭打我

我以裸奔的姿态

逃避纯粹的自己

逃离肮脏的自己

回到模糊不清的自己

风不停地鞭打我

似天马行空的空灵

我以爱恨交加的故事

我以强吻的意志

扎碎纯洁无瑕的你

扎碎无边无际的夜

深夜零点寂寞泼墨

风不停地鞭打我

我以传统的姿势

逃避无法入眠的城市

逃离复杂的自己

回到一尘不染的自己

天目湖水

从天上看　你就像明亮的眼睛

花开的时候　你在我身上

能看见流水的声音

和我们一起热爱的绿色仙境

每个认识或不认识的人

每一个爱山水的人

十指相扣的人

在红尘踱步又在红尘中祈祷

书上说走为上策

但情缘不一定

这个春天　惊醒了什么

人这辈子　丢失了什么

一个热爱山水的男人

和一个女人不多的青春

从天上看，你就像明亮的眼睛

多么美丽的江南明珠啊

周群山环抱　湖水清冽

画若棋盘的田畔，疏密错落的茶园

一幅幅纯自然的田园风光

我们如果沿着蜿蜒曲折的湖岸走天涯

人们就看见了

千古中国的爱情

比山水还绵长

眼睛像誓词　誓言像花影

一步一步靠近我的界限

我们关闭多年的身体

从水天一色中穿过光

人世之间仅一湖碧水

从哪里出发又到哪里聚集

这时　我们就想

两个人一起踏进乡村田园

与远古磨房、江南水车一起怀旧

只要我们有一双明亮的眼睛

就可以和山水永远在一起了

午夜状态

半夜从酒吧出来

我点上一支烟

沿着你的长发

我边走边抽

抽打山高水长一样的故事

情节就像后电影时代

叫醒的不仅是思想

还有像埚一样的肉体

有时候男人抽烟不是因为瘾来了

仅是因为还会想起一个人

情绪就像醉了的宿命

继续保持对你肌理般的某种欲望

以及无限制的渴求

洁白的月色像你

天空是空虚的胸怀

正将自己细致而缓慢地融化

你的肤色正闪棱角分明的光泽

凸显你白银般的质感

如果我再贪婪一些

疯狂并加速地按摩过去
融化成夜场的消费方式

子夜的诗人像露水
湿了贞操一般的灵感
像女人　像肉体　像花朵
这尘世　没有相同的女子
只有孤独的诗歌
失恋很轻　很柔　很慢
是耗能最少的挣扎状态

古寺情缘

我与玄祥住持的缘分
是从一首禅诗开始的
他唱起我五年前写的《人世间》
让我感到莫名的触动
也许我的情欲未了

凡尘如红尘
红尘如流
人生在世
皆不能避免喜忧生死之苦
当此等苦事发现之时
唯有放下万缘

只要欲望之心还在
便永远在烦恼轮回中受累
若你有怕死之心
便永远在生死轮回中受苦
永无出苦的时候

我与玄祥住持的缘分
是从一首禅诗开始的

多情即是佛心

人生世间　常是茫然

堕落易　超升难

随缘随分即可

不必与其他人一样

雪窦妙高

戴上这串佛珠

你就成了一个把身体空出来的诗人

一个没有用完空虚的诗人

什么都没有了速度

穿过你所有物欲的情人

走进山林似乎想表白什么

寻访一座山　一寺庙

以一颗皈依的心灵

心静了　心宽了　检点下来

净洁的身体就是最好的贡品

戴上这串佛珠

很容易识破自己的虚妄

一个人在小节小行上守清规

才能体悟什么是无所故

万一走错了赶紧忏悔回头

日子还是那样要过下去

即便没有看见什么改变的痕迹

用手抚摸远山的青翠与安静

戴上这串木香佛珠

有时像做梦　有时像做事

走过酒吧

夜色灯光像白花花的女人
还是更像白花花的银子
这个酒吧就像一个变态的假乳房
现在你这个戴眼镜的乡村诗人
该怎样来审视自己一具酸酸的肉身

你是不是有一种负罪感
仿佛想起小时候母亲哺育你的
那只结实充盈的乳房
你自己瘦黑而绷紧的胸膛
正在敞开秋风

如果你病了就赶紧吃药
酒吧街里生病的诗句
就躺在豪华的玻璃吧台上
那些舞动的身体有时就像
有关夜生活的命题倏然脱落

与你有关的或者无关的
各色各样的酒瓶像不像你的表情
正在痛哭流涕

就像那些领口越开越低的花衣

很多颜色的嘴唇把你的思想改变得乱七八槽

今晚的欲望就像你的信用卡被严重透支

有病了你就得赶紧吃药

看样子你是怎么也好不起来了

就像你怎么也回不了故乡

故乡的麦田是你写的最好的一首诗篇

那里山清水秀　阳光普照

我知道你更愿意像庄稼人一样

手中诗笔像长发奔向原野上的风车

万物就此被磨得像故乡的月亮

所有富贵的　贫穷的　优雅的　猥琐的

有没有可能　都是同一种颜色

与理想的春天一起居住

为什么鸟声不再动听

为什么森林日渐消瘦

为什么荒凉的沙漠能吞噬整个阳光

为什么酸雨的魔力会让人们在雨水中忏悔

为什么沙尘暴会让漂泊的灵魂找不到回家的路

为什么河流离我们越来越远

为什么污水常把我们的四肢捆绑

为什么寂寞的黑白颜色停滞在绿的枯萎里

为什么理想的春天离我们越来越远了

为什么您的笑容越来越少——

那时候我们爱春天的一切

无论在故乡还是在他乡

无论是远或近的，隐与显的

无论是情与理的，风度与风情的

被一一染上了我们的歌声与乡音

如果追溯更远，经过的风

以及与春天有关系的鸟语花香

以及朝云暮雨、月落星沉

都是容于尘世间动听的音符

可是今天，所有乡音均已远去

我们的急促脚步由远而近

怎么也无法填补内心的空白

远去的一切如忧愁一样增加

对于花草　酸雨是可恶的

面向春天　枯叶是可憎的

让我们停下漂泊的足迹，

让我们给远方写信 用最简洁的语言

用最春天的声音 最春天的温情

给每一个怀揣理想的人写信

如情人要为爱情守节

如人们要为春天守春

让我们与理想的春天一起居住

与最好的时光住在一起

与最适宜的温度住在一起

与最翠绿的树林住在一起

与最美的花草住在一起

让我与理想的春天一起居住

与最清新的空气住在一起

与最悦耳的鸟语住在一起

与最纯净的白云和蓝天住在一起

与最可爱的您住在一起

天下荷园

天下之外

还有风景

把你放在风景之中

你就成了一片荷

荷使水更绿

使花更美

风景之外

还有阳光

阳光把耳朵晒长

把眼睛晒亮

耳朵像悄悄话

眼睛像爱情

而你天性纯洁

比天空更高

比心灵更宽

阳光之外

还有风

风不停地吹你

直到把你的心情

吹得像一片清新的荷

那打身边经过的景色

像不像是打坐的眸色

一种婉约的和弦

温存如卷舒的琴声

尘世之外

还有风景

与天空下不下雨雪无关

与世间刮不刮风沙无关

与世态炎凉无关　甚至

与人文典故也无关

只要一碟小菜　一壶小酒

就能与你醉一回

像你的酒窝一样

像梦一样

像千年的爱情一样

像唐诗宋词们一样

和你一起一咏三叹

今生啊　今生就与

三四个真心朋友

二三个浪漫的梦想

与一个性情的你一起

把尘世抛开

相忘于江湖

山色之间

在滚滚红尘中
我快要渴死了
山水是一杯清冽的茶
山水为我解渴
我为山水写诗

不成风景的不入山
不成美色的不入诗
我喜欢在芸芸众生中
听山色的步声
我喜欢在青山绿水中
听美好女子的水声

在山色与美色之间
我变得更加纯洁了
佛说色即空
我的心灵却是倒空的飞瀑
水花中最色的那一朵

不知是女子更色
还是山水更色

在山色与美色之间
我发现自己更风景

如果风景是天方夜谭
就能照见我的灵性
如果再把山色与美色再比下去
我的烦忧被慢慢洗尽了

父亲是我的影子

父亲一直溺爱我
不让我上山
不让我下地

父亲为了一家人的生计
耕完地还上山砍柴
一不小心从山上摔下来

父亲的疼痛使我彻夜难眠
一夜之间父亲就老了

像白天追赶黑夜
怎么也追不上
像露珠追赶清晨
有泪水慢慢上涨

面对生活
我不得不肩起重担

空空的雪花

你说

你曾来过

两袖空空踏着舞步

轻柔地把白色的吻痕

印在不设防的天空

虚无的天空如空门

无法开启

因为后面挤满了

春天的泪水

那些流不去的流言

湿了一地的困慵

你说

你曾来过

如过境的冷风

飘了些模糊的冬天

不能入诗的

都飞花

雪花一样

将所有的尘埃

——掩盖

第六辑　如山

精选 2015—2017 年作品，

放开身心、追逐山林……

到乡村走走

到乡下老家走走

没有大欢喜，也没有伤感

没有行李，也没有目的

多少年过去了啊！还是这块我爱的土地

到乡下老家走走

没有大惊奇，也没有什么欲望

没人知道你一贫如洗啊！

也没有人知道你，只有草根听得见的呼喊

到乡下走走

走不动的时候就写点诗

不想写诗的时候就晒晒太阳

想晒多久就多久

这就是真正属于我们自己的日子

风要吹多轻柔就有多轻柔

阳光要多温暖就有多温暖

花愿开多香就开多香

草要长多野就有多野

六 如

坎坷过后　困难过后
恐惧过后　挣扎过后
我们到乡下老家走走
走不动的时候就写写诗
写不动诗的时候就发呆
这就是属于我们自己的日子

像老树一样叶落不落无所谓
像老牛一样再耕不耕地无所谓
像田野一样长得是稻草还是春天无所谓
像不肯安睡的老屋空空如同祖辈的背影

天堂寨不是天堂

一听名字　心就放开了
天空的天空都离你近了
山到云处　云处山中
喷珠泻玉　溪水潺潺　秀色藏幽
画师心中最美的山水画

天堂寨不是天堂
也许是去天堂经过的地方
树木经过　花草经过
飞瀑经过　怪石经过
江南最后一块原始森林经过
肯定是人们梦寐以求的地方

尘世与天堂
隔着云烟　隔着风光　隔着理想
它们相互纠缠　相互向往
那些被风雨冲洗过的纯净灵魂
重新经历一次骚动或安静

经过天堂寨的男人与女人
隔着孤独　隔着浪漫　隔着虚幻

走进天堂寨　又不能活在天堂里
也许他们只想干一件事
却发现空虚没有带走任何东西

天堂寨不是天堂
但我们可以梦想着天堂
放开四肢　四海为家
也许你一辈子无法入土为安
就像"八大山人"在此醉酒后
写下诗词　饱蘸丹青
最后放弃身体　留下山水……

佐　儿

我用沉默爱你
我用距离爱你

放下所有的风花雪月
说大是你
说小是你
你比生命更重
你比世道更宽

你是越来越执拗
我却越来越温和
岁月下手太狠了
我慢慢被时光掏空
只看见你成长的背影

比遥远更近
比爱情更熟悉
露水让草尖闪亮
花朵让春天鲜活
我用沉默讲述命运

像时光找到年轮

像种子找到田野

像稻谷找到粮仓

像游子找到故乡

你是否找到父亲的模样

谁都不知道我有多爱你

有多少情怀　无法穿透与抵达

我用距离爱你

我用沉默爱你

春　哥

用二十年的寻找
用二十年的沉淀
把风雨岁月风干
一起下酒
也无法醉倒一个叫双马石的村庄

而那个梦牵魂绕的乡村
那个只有五百亩地大的故乡
就是我心中最大的世界
我总在风的情绪里
停下来用双手亲吻泥土

你曾给我童年的天空和风筝
我还你一个中年男人的沧桑与浑浊
以及灵魄相通的乡村与乡愁
是乡愁像风筝　还是风筝更像乡愁
把我们带往那个遗忘很久的地方

岁月就像一根无情的鞭子
无论怎么抽打那个叫春哥的男人
他依然像鲍坊一样朴实、率真、善良

只有他那双越来越小的眼睛
把这个世界看得越来越透彻

春哥是我寻找了二十年的兄弟
我看见春哥就像飞尘看见故土
就像喜鹊重新找到了树林
就像白云重新找到了蓝天
所有的尘世忧愁一下子空了

今年大年三十夜
我们兄弟与老父亲
一起醉进那碗沉了二十年的米酒里
就像我们都漂流在清溪河里
就像我们一起把情义放在酒里泡
一起把命运放在沙里磨砺

她的话

去年的牵牛花
一直爬满今年的春天
花开的声音像风一样呻吟
像一只叫春的山猫

美不美不在春天　是人心
花一样的山猫睡在花上
与鲜花长在牛粪上
没有本质的区别

再美的鲜花拥挤在一起就没意思
景到最妙处　是朴素
没有人像我这样热爱山水
就像轻描淡写的人生

春天再美一些
爱情再淡一些
吻过之后不再是恋人
爱过之后不再叫爱人

落花故人情

我来的时候说爱你
你走的时候带走了别人
我依然保持我诗词一样的肉身

就像两个逼真的风
谁也不能承担谁的孤独
深情不深情已无所谓
各自有多少渴望要倾诉?

落叶如白发莫名冒出来
与内心有无名的苦一样
就怕所有的人都走了
只剩下你一个人

老羞成性

去你的墓地多少年了
你还是少女的样子
我已是沧桑的中年男人
还在加深眼镜的深度

你似乎从天堂回来
不小心惊动了我深埋的忧伤
你似乎两手空空
却预示我一生的后遗症

要为你写首诗完成得很难
多少年的老羞与老思想
一下子动了怒气
就像你当年的小性子

你的脾气就像一只小兽
跑进那片玉米或高粱地
我时常想起你疯快的样子
就像我回到少年的时光

我时常在回忆与失忆之中

写下断断续续的诗行
却不敢写你走失的那个春天
像我纯洁的初恋

眷

为了这如蜜的夜色

我心甘情愿狂饮深醉

吻你是我给你讲故事的一种方式

我进入夜色就进入你

一个热爱翅膀的生命

一只像女人一样的蝴蝶

看似温柔的人常常坚决如酒

拒绝为明天醒来

放飞不是放弃

放纵也不是无度

不喜欢的人　我赠予黑夜

喜欢的人　我赠予天空

比抓紧更难的是放开

比失眠更难熬的是睡眠

拥抱你如抱着整个夜空

何尝不是一种至情的庄严

男人也有柔软的时候

六 如

只有柔软的细节才能理解柔软
只有温柔的女人才能拒绝温柔
如夜风永不回头

男人最大的失误是敲门
女人最大的失误是开门
你不是你　我不是我
来去无门

孤独者想打破孤独

不必慌乱　多少缠绵毁于一旦

孤独只有孤独的道理

何必打破孤独

憋得太久了的人

是否可以谅解温柔的冲动

就像一个沉默太久的人

突然开口说话

酒醉后　什么花正在开

不管你答不答应

我依然野蛮地在你的世界上奔跑

再怎么跑也跑不过你饱满的肉身

情缘像无法解说的生活

芬芳还在　寂静还在

一转眼　你空得像空虚的夜色

今夜，我想把我尴尬的赤裸

无情地献给空虚的夜空

你的进与出　你的推与拉

让我复活的兴致与奔跑的忧伤无力交结

你是想让我虚脱还是想让我放弃

窗外　夏虫燥热　落花不留痕

从黑夜出发　到黑夜结束

习惯陶醉在毛绒绒的土地

失眠之后再孤独做梦

梦不需要太多

只要梦见我们的爱人就好

我从梦里突然伸手抱着你

你犹如一朵受惊的莲花

孤独的人想突破孤独

内敛的男人突然像个夜哭的孩子

你是否听见我寂寥的声音

失眠还是继续不止　生活还是继续不止

在我死之前

在我死之前

我不再想你

只想做一个和尚

天啊　这才叫升华

我说的是在断发的时候

进入另一种境界

和山水连接一起的

那算是一种灵魂

在我死之前

我想把眼睛安静地睡在木鱼里

做一个清凉的梦

一个男人和一个女人

游过了一条苏醒的小河

流水从一个世界蔓延到

另一个世界

穿过空门

装满了所有的世界

在我死之前

我有了新的感悟

做一个和尚有什么意思
化缘　还不如化身
最好身体也不要

每个人都是渺小的
即使死后能升到
那无边无际的天堂
一定很寂寞

中　暑

大半夜的还是睡不着

烦恼像夜一样安静

打点滴的声音

像小时候的鼻涕

有些顽皮

又长出来了

震泽古镇

江南女子的古典像古镇

古镇的美丽像江南女子

一个叫溪的纯真女孩

从慈云寺经宝塔街走过

我反复在蚕丝之乡上凝视

直到她成为一首诗

傍晚　再约来喝一杯元宝茶

美人　评弹　月色　水如空

听石径的登声　瞬间清晰起来

一种缓慢的安静　一种舒缓的愉悦

似乎把自己放回到灵魂的原处

光线进入窗户的姿势像你一样幽美

我就看着这些曼纱的事物停在身旁

却不知道自己为什么总想起你

像看着另一个年少纯真的自己

漫过瞬间热爱的水色　屋宇　古街及土地

你是听风似水的女子

丝绸般温存和风一起美丽

文昌阁上　历史的种子和月亮的眉

一起把吴头越尾寻找

美丽的震泽，要你记住

如果遗忘就是瞬间

如果惦记就是岁月

把你爱到沉默

我用秋风的形式爱你

把你爱到沉默

从一个夜晚到另一个夜晚

从一种浓度到另一种浓度

从一种情到另一种情

风是从唐诗里吹来的

你永远在我的摇曳酒里

有水的温柔　和

烈性的破坏力

我用从唐诗里倒来的酒

用李杜的诗　张若虚的酒

我用醉了的春江花月夜

一起爱你

用一个白天的我和一个黑夜的我

爱你

用一个纯洁的我与一个邪恶的我

一起爱你

唯有如此　孤独才会与我对立

一直把你爱到沉默

溪水的声音

从身体里流淌
像梦游一样
进入诗行

月夜寂寞无边
像戴埠的空山
溪水与鸟语无法辩言

比耳朵与耳朵更清澈
比山与水更自然
比男与女更纯粹

溪是你的名字
像山歌一样长满夜空
我像山神的儿子
走过木桥听潺潺流水

溪水入梦，还要多久
才能说清深溪岕的故事
前半生在山林里
慢慢开始清洗下半生

六　如

　　那是打不碎的声音
　　那是饮不尽的清泉
　　如我和你

2015 年的最后一首诗

孤独的 2015　孤单的我

就想离开这种生活

想起各种各样形形色色的脸孔

或阴或暗　或丑或恶　或熟悉　或陌生

无法轻描淡写　无法失去感觉

要么给我一个麻木的理由

要么让我站在痛苦的尖上沉默不语

按捺不住个性的我

就想立马逃避这种生活

想说的想做的还很多

来不及与这个世道宽容与计较

不再妥协　不再虚假　不再看脸色

要么给我一个突围的出口

要么让我像死一样睡去

无法控制情绪的我

像一个失去双亲的孩子在天空下痛哭

看不见温暖　看不见梦想　看不见虚无

就像自己无法看见自己的面孔

却无法躲过像守夜人一样酸疼的眼睛

要么让我像死一样睡去
要么让我摔碎泪珠

某一天　年老的我
希望自己还是个有生命力的我
心里还是住着那个年青气盛的我
虽然自己已白头　还是想超越风霜
还想与这个尘世不自量力地还手
就像岁月从旁边擦肩而过
要么给我一醉方休
要么让我活得任性又自由……

年

一个日子很孤单
一个月也很孤独
因为它们不知道
年轮回的年之间有什么关系

一个人感到孤单
一个游子更感到孤独
如泛黄又寂静的落叶
和模糊不清的故土有什么关系

我们双手合一祈祷不再被俗世奴役
足以证明我们还活着
除了爱过的与曾拥有过的之外
我们还能企求什么

如一个孤独的人
一个布满风霜的人
看见自己的脸
然后亲吻自己

今年的冬天特别沉重

把你的腰板压低了好几度
安下不生不灭　悲悯又明亮的心
如路上咳嗽的尘土

漂泊的生活已无能为力
别再赶路　去感受路
在这繁华人世　我们还是
不要妨碍他回家过年了……

石佛山之上

往上　再往上
我似乎要投奔石佛山了
我的恐慌就像漂鸟一样
找不到随时要飞的眼睛

我动　山不动
山动　我却铁了心安静得像一块石头
如快要回归山林的生活
面对陌生如无数迷失的自己

再往上　闭上眼睛
把白天脱掉
把现实脱掉
让肉身飞翔

再往上　闭紧眼睛
似乎置身于万丈深渊之中
又好像游离了尘世
让灵魂飞翔

假若　天生没有高低之分

假若　我们身在何处都可以淡然自得
我们完全可以在半山腰安生
然后　再缓和地老去

再往上　站在石佛山上
我已不是一个恐高的诗人
再往上　我就是七级浮屠
寻找那行放置在悬崖上的禅诗

郎川河边的姑娘

我认识郎川河
是从认识两位姑娘开始的
五月还有迟到的春帷不揭
我们都是寻找爱情的过客

如果没有遇见就可以想象
如果没有走近也可以更美
如果没有郎川河的静静流淌
就没有姑娘眼角剔透的泪珠

从桃花山下来的郎川河啊
与我们一起陪姑娘点亮蜡烛
比烛光更皎洁的是月光
比月色更美的是少女处子一样的心灵

我愿是一位白描的画家
画一幅光润玉颜以及如花照水
生怯朦胧的烛光与月色齐白
白不过姑娘的纯洁

浪漫是一种生命的好奇

日子正当少女
包容一切有形与无形的夜色
信守亘古不渝的理想与情义

郎川河边的纯洁姑娘啊
让真情俘虏我的灵魂吧
当姑娘随春江明月走远
只剩下诗歌的轮廓……

放　下

放下就是一种爱

坚守也是一种爱

天黑之前　我不会倒下

天亮之前　我拒绝醒来

像是河水日夜从我的胸脯流过

像是不速之客敲响我的家门

你离开了十年　依然站成活生生的眼睛

像忧愁　抽不断生活的哀鸣声

生活的气息像老家的老烟囱

从夹缝中走出来的人容易遗失

记忆的背后　一只乌鸦在发笑

尘埃里的冷气飞越了阴影与冬天

失眠的夜像是男人一样打呼噜

思念依像藤蔓一般野蛮地纠缠

悲伤像成熟的胡须　疯狂地生长

浅藏不住一只愤慨的小鸟——

如果你我之间　只隔着一个异梦

我多想永远睡去　省去思想
有没有一个春天在等我
虚构的人生可否化解我的前世

放下是一种爱
坚守也是一种爱
剪断泣血的红绸　放跑黑色的乌鸦
一个世界　变成两只多彩的蝴蝶

一个人的影子

坐深无边的夜
一切都不会发生
只有寂寞在酒杯上如歌
那个声音困扰着我

仿佛早已存在早已就绪
我的诗句如眼睛
如丈量夜色的酒杯
脾气也成了酒
某个人走进又走入
声音概不由己

微醉的性格没有影子
影子正拥抱我
叙说一段没有情节的故事
寂寞搅碎了恍惚的影子
那只不过是幻觉
只不过是空虚诉说着空虚

起风的午夜是最好的时光
有时回头照看自己

夹着空酒瓶一个人回去
但要小心　因为你闲着
因为寂寞是不说话的
像某个人的影子很轻柔
走进又走出

风吹起衣裳　一样的语言
我仿佛是裸着身子
走向天空……

空 门

一切按排就绪

所有的门窗都开着

从这个房间

可以看到另一个房间

我坐在风中

看树高过月亮

眼睛像走失的蟋蟀

寻找那些失群的夜色

我想它们会向我围拢

会来看我灯一样的

语言

我不敢推开它们

怕惊醒秋天

风吹打我的寂寥

像拍打过去的生活

那些似是而非的生命尘烟

仿佛永远无法挣脱

过去的秋天如何悄然入眠

现在的秋天如何悄然醒来

我在梦中突然把手抽回
并对一切无从知晓

空门又像落叶
仿佛是失落的思想
让我寻找明天的归宿
仿佛空虚的天空
天空下的风
风下的树
树下的根
悄悄地来到这个世界
又悄悄地离去
生于这片泥土
还原于泥土

回　乡

你走了
离家以后

草木山水都跟着出家
因为　你是一个

一直背负乡愁的游子

日 久

都说日久生情
我们之间的那点事
就像风会吹动我的头发
头发又让我自己飘起来

我的情绪亦是风
风如我嗅觉灵敏的诗行
好像存在于花粉的旅行中
失魂又寂寞　无所不在

每一次想你　思想就是一种誓言
每一次看你　眼睛就是一种语言
每一次吻你　好像穿梭了半辈子时光
恍惚记起了梦里的媒妁之言

多么希望　多么希望触及
你的丰满及你适度丰满的故事
不能抑制的是我指尖的温度
让我无时无刻不感受你的存在

都说日久生情

我们之间的那点情缘
就像玄了又玄的同心圆
情人眼里出西施来自古人的格言
也是我默默地恋你的所有心愿

点 灯

灯与夜的关系

就像悲伤与我的关系

灯亮的时候

就像心灵被打开

小的像房间

大的又像夜空

灯灭的时候

只要心中有慈悲

仍然能分辨白与黑

空虚与虚伪的区别

世事无常

常常是烦恼大　人间小

小得装不下快乐

却能容下一个倔强的生命

人的本质是孤独的

把内心空出来

把灯点亮

普天之下

一切的痛苦都就能自我解脱

江南像一棵树

江南像一棵树
如柑橘或山楂
不管开什么花
在同一块土地上
结不同的果实

江南的味道像园林
像不同的声音进入你
用眼睛咀嚼不同的惆怅……

江南像一棵树
不经意一转眼
看见落满风尘的年轮

你的声音

轻柔舒缓，温柔缠绵
又不失像酒一样的力度
磁场一样，性感迷人
又不失像麻醉剂一样的沉迷
每一声轻呢，每一下撞击
像月光一样洗过
像蛇一样妖娆
像绵羊一样，像小溪一样
像那么富有节奏的兴奋的叫声
激动穿透，从身体到心灵
今生从未听到过
如此抒情叫人依恋的小夜曲

你这魔鬼一样的声音
要叫一个男人失眠多少次

双马石

故乡就像布了迷魂阵

那些花像眼睛

那些草像耳朵

那些气息像灵魂

我对双马石言听计从

那个只有五百亩大小的双马石

是我心中最大的世界

没有第二，　只有第一

一个与世无争的小山村

门前的老树像个守魂的人

依依不舍的落叶像诗眼

纯净，踏实，木讷的有些迟缓

牵动了客家人的泪水

像清溪的流水一样冲刷我

我魂不守舍的故乡

就像那条童年走过的山路

像一条把光阴当滑道的蛇

钻进我的内心

那些木像小名
那些树像老年
那些山水像故事
多少经历世事的人已长满白发
多少穷途末路的人在此悔恨

唯有故乡像爱
像母亲永远不变

春天里的兄弟

山与水　就像兄与弟

风景属于你

自由属于我

像酒一样浓郁

像茶一样绵长

如果没有缘分

山不是山　水也不是水

西渚岭上的清晨或黄昏

移动着江南如画的影子

抽一根烟更像男人

喝一杯茶更像风景

再干一杯酒就更像疯了

疯来了　说不出风的形状

这个春天我与谁说话，都像

我已找回年少时的情绪

很快又融入风景　就像神已离去

我还在抽着你递给我的那支烟

仿佛今生所有的情义皆属于
一次心心相惜的春波
转了一圈又一圈
山还是山　水还是水
我们是否还是兄弟

不需要

不需要说的　一定

留在水墨上　或者

留在诗词上

不说，并不代表没有

一切花草树木

让春天去宽恕

不需要写的　一定

留在心里　或者

留在尘埃里

不写　也是一种写

一切定了或没定的局

让爱去宽恕

多少爱　像痛苦

浓了又淡　淡了又轻

像万事万物的轮回

像流水木鱼　经过寺庙

如果不小心

被佛主看见

我需要给佛主写封信
我想说：亲爱的佛主
什么是人世间的因果
经书是否与月光一样明亮
书画是否与山水一样美丽
诗词是否与心灵一样干净

春天再来的时候
我们不需要再打听烦恼的事情
一起劳作　一起流汗
一起热泪盈眶
一起眷顾这热爱的生命

下　手

一锤砸下去
是锤的对与错
还是钉子的对与错
只有木头知道

再撸起袖子
一块石头砸向另一块石头
是石头的对与错
还是山的是与非

山风归道
沉默归心
只有被砸伤的手
才知道痛

都说靠山吃山
人吃山的时候终于到了
木头越来越少了
山石咬紧牙关

是下手还是出手

是争气还是出气

谁与谁较劲，谁给谁让道

山从不与人争吵

故　乡

在山与水之间
我听到母亲与山风的呼喊
在孩子与乳房之间
我听到生长与希望的声音
生命本没有声音
是声音为了追赶休止符

山与水从来不分家
人与土从来血脉相连
沉默与声音本质是一样的
山是水的源头
母亲是孩子的情人
大地是人们的归宿

对于小鸟来说
天空是否过于宽广
对于孩子来说
母亲的胸脯是否过于阔绰
对于劳动人们来说
大地是否过于辽阔

故乡的泥土是无声的　像汗水
我的诗歌不敢大声说话
所有的民间故事都是活出来的
所有故乡的山水
都是男人踏着白云一次次的出行
所有故乡的花草
都是女人在家门口期盼的命运

以　前

以前是这样的
世界大　人间小
鸟啼快　时间慢

以前是这样的
城市小　乡村满
满世界都是花草　童年与记忆

以前是这样的
我们慢慢长大
慢慢积累友情　慢慢恋爱
一封信，信使要走上个把月
有足够的时间用来思念

以前是这样的
桃花开过　荷花开过
菊花开过　梅花开过
许多美好的事物简单又轻盈
沾着露水与风霜慢慢奔跑

以前是这样的

人与人的距离是远的
你与我的关系是近的
不深刻却经年又持久

现在是这样的
什么都快了
快得把灵魂都丢了

秋是故乡浓

秋来了
我向秋风打听故乡的消息
清冷的霜花啊
是否拂过母亲的鬓发

回忆就像经过清凉寺的风
吹动不修禅的木鱼
如游子无为的人生

念经的佛说
人是有灵魂的
一生苦渡走天涯

遥远的肉身已没有什么奢望
只有用香火供养木鱼

故乡啊
你和乡愁一起来
又像秋风一样离去